Nunca la deja

Nunca la deja

Nunca la deja
Dos piezas teatrales

Javier Marimón

Edición: Pablo de Cuba Soria & Denisse Zayas Arca
© Logotipo de la editorial: Umberto Peña
© Ilustración de cubierta: Pablo de Cuba Soria & Filio Gálvez
© Javier Marimón, 2017
Sobre la presente edición: © Casa Vacía, 2017

www.editorialcasavacia.com

casavacia16@gmail.com

Richmond, Virginia

Impreso en USA

© Todos los derechos reservados. Bajo las sanciones que establece la ley, queda rigurosamente prohibida, sin la autorización escrita del autor o de la editorial, la reproducción total o parcial de esta obra por ningún medio, ya sea electrónico o mecánico, incluyendo fotocopias o distribución en Internet.

Para Sarita y Guille

NUNCA LA DEJA

(SITUACIÓN DE ASPIRANTES)

PERSONAJES

N+1

N

N-1

CULO

Interior. La luz entra un poco en la escena oscura, crepita, queda a medias. En una mesa hay un gran plato con huevos hervidos. Por un lado del escenario sobresale la rueda delantera de una bicicleta. N+1 y N, este último se limpia las manos de sangre.

N+1

Se preguntará por el perro, qué pasó con él. "No existe", diré, "no hubo nunca un perro que ladrara".

N

¡Por fin no tenemos puerta ni perro! Imagina si llega y toca, tal vez el perro ladra. No hay cómo impedirle que ladre u obligarlo a que lo haga, en caso de requerir sus ladridos, ¿cómo explicarle?

N+1

Sonidos en la puerta, el perro ladra, tú abres o abro yo: una esclavitud. Inclinémonos ante ella, mostremos la esclavitud, pero sin puerta ni perro.

Se inclinan.

N+1

Sentémonos, inmediatamente, pero no como quienes esperan.

Se sientan. Quedan en silencio.

N

¿Ya es suficiente?

N+1

Un poco más.

N

¿Estamos fuera o dentro?

N+1

Estamos dentro, pero involuntariamente. Nos ha visto. ¡Continúa viéndome! (*Al vacío.*) ¡Vete!

Pausa larga. N+1 saca un cigarro. Fuma.

N

¿Basta con fumar para quedar fuera?

N+1

Es lo que no basta. Ella sabe cuando voy a mover el dedo para cambiar el cigarro.

N

A mí también me ha visto mover el dedo sin cigarro. Y me ha visto no moverlo. (*Al vacío.*) ¡Vete! Quisiera gritarle, si me escuchara, pero mi grito se contiene mudo en los músculos maxilares. Debí ser dentista, no comprendo el ámbito bucal que esconde gritos.

N+1

(*Botando el cigarro.*)

Cambiemos el dedo del cigarro ausente. Gritémoslo, sin temor de que no sea suficiente gritarlo.

N+1 y N

(*Gritando a dúo.*)

¡Hay que cambiar de dedo el cigarro ausente!

Pausa larga. Esperan. Nada pasa. N+1 camina por el escenario y, de repente, se vuelve rápido, como para sorprender algo.

N+1

Nunca, ni ahora que hablo y me muevo. Como en un pasado, ella siempre por delante.

N

(Buscando a gatas el cigarro botado.)

¿El cigarro fumado ofrece datos que ayuden: duración del fume, apretamiento en dedos?

N+1

Demasiados sistemas. (*Pausa.*) ¿A qué aspirábamos? ¿Al grito gritado y al dedo cambiado? Desconfío del triatlón y sus propósitos múltiples. En cambio, el salto largo...

Pausa larga. En silencio, preparan un salto largo: N marca en el suelo la línea de partida, N+1 se pone en posición de salto, hace el ademán de saltar varias veces, pero no salta.

N+1

¿No viste el salto?

N niega con la cabeza.

N+1

¿No lo ves? ¿Continúas no viéndolo?

N

No.

Pausa larga.

N

Espera, ahora sí. ¡Excelente no-salto!

N corre, calcula el no-salto, marca en el suelo, se alegra. N+1 revisa la marca.

N+1

No realmente, solo una parte de mi sustancia desplazada. (*Borra la marca.*) No deben quedar pruebas. Ay de los que aspiren a ella y quieran usar las excrecencias de nuestros actos, nuestras pobres marcas personales.

Pausa larga.

N

¡Qué manera de estar dentro! (*Pausa larga.*) La Situación Pulcra nos describe: "Uno declara lo que yo describo, sin dejar de decir que están dentro".

N+1

Y prosigue: "Otro dice lo que el primero declara que yo describo, desde dentro; y prosigue con lo que yo describo, según él, esto que empieza con: 'y prosigue: otro dice...'".

Pausa larga. Esperan, nada pasa.

N

Pensé que entrando más podríamos salir.

N+1

(*En voz alta, cambiando el tono.*) ¿Dónde estará el imitador de voces? (*En voz baja, a N.*) Que piense que es intento de imitar su ausente voz, y entonces atacamos inmediatamente desde dentro con la voz de la abuela.

N camina por la escena, piensa.

N

(Hablando solo.)

Sí, no "fue" yo quien lo dijo. No soy sino desde ella. Cuando salgamos ni nos enteraremos.

N+1

Nosotros "son" quienes lo saben mejor que nadie. ¡Qué manera de estar dentro! Nosotros, ellos, mueven el pie y están dentro.

Ambos mueven el pie, muy lentamente.

N+1

Cerremos inmediatamente su enunciación de nosotros, salgamos con un salto verbal. (*Pausa.*) ¿Quién sabe donde habrán quedado las comillas?

Se agachan, buscan por el suelo.

N+1

La Situación Pulcra no se muestra, sí a otros, ignorantes de que se muestra. Sorprenderemos desde ellos, saldremos como quienes sí pueden salir.

Siguen buscando las comillas.

N

Necesito orinar.

N+1

Siendo ellos, espero.

N

Soy yo quien tiene ganas.

N+1

¡No! Espera a que sea ellos, alguno que sienta ganas; no tienen que ser todos: con el primero es suficiente.

N

¡No puedo aguantarme!

N+1

Depende tanto de ti. No puedo creer en ellos si no crees tú también. Por favor, no orines. ¡Se desvanecerán nuestros ellos muy rápido!

N

Creeré rápidamente, antes de orinar, seré pionero de la creencia anticipada.

Pausa. N se orina encima, cerca de la mesa.

N+1

(Dirigiéndose a N.)

Me he preparado tanto y tú no has podido aguantar un simple orine.

N

Lo siento, me estaba orinando antes de creer.

N+1

Limpia eso, ¡inmediatamente! Se puede determinar en laboratorios que eres tú y no los otros, ninguno de ellos. ¡Hay tanto tú ahora mismo, tanto dentro de ella! (*Pausa. Busca en el piso.*) ¿Dónde estarán esas comillas? (*Pausa.*) Tu orine se las ha llevado.

N+1 mueve la mesa lejos del lugar del orine. Queda un claro.

N

Un claro, donde antes estuvo la vida: nuestros pobres objetos. ¿Qué haremos cuando nos suceda a nosotros, cuando ya fuera de ella no podamos pensarla?

N+1

No pensar en ella como la ausencia que corroe, siempre la lleva, nunca la deja. No pensar en ella como nada. ¡Limpia eso!

> *N se agacha a limpiar el orine. Ahí se queda un rato. Entra N-1. Trae una bolsa en la mano con algo dentro; la deja caer apenas llega al escenario. El objeto da un golpe, rueda. N-1 se queda mirando a N limpiar el orine.*

N

(Le habla a N-1, incorporándose.)

Cualquiera se orina.

N+1

¡En qué momento! *(Le habla a N-1, en voz alta.)* ¿Eres el imitador de voces?

N-1

Lo dice mi diploma: un modo de comprobarlo. Una nalga morada puede indicar inyección mal puesta, o golpe. Si llego y toco la puerta un perro tal vez ladra. Por suerte no hay puerta ni perro, no requerimos inyecciones y no somos abusados por nadie, excepto, claro, por ella.

Pausa larga. Silencio.

N-1

Por fin pude soltar la bolsa justo inmediatamente después de entrar, gracias a la puerta ausente, gracias al perro sacrificado; si no, ¿cómo decir que fue inmediatamente? (*Pausa.*) Traigo algo en ella.

N

Pareciera adecuado el "inmediatamente", pero soltar la bolsa no es nada excepcional: muchas veces se sueltan bolsas inmediatamente por razones más tenues.

N-1

¿Para qué?

N

Perseguir pollitos, por ejemplo; no es fácil hacerlo con bolsa en la mano sin que revele el contenido.

N+1

(Le habla a N.)

¿Por qué "pollitos", por qué soltarla para eso específico? Tanto específico me recuerda un cuento que abuela me hacía de niño, cuando no quería comer o hacer cualquier otra cosa.

N-1

Si también era cuando no querías hacer otra cosa, ¿por qué dices específico: "cuando no quería comer"?

Pausa larga.

N+1

(Pensativo.)

No me recuerdo como un niño de mal apetito. ¿Serán ciertos mis recuerdos? Tal vez aquel, movido por pollito específico, no refiera tanto lo que contaba abuela, sino su capa externa: mi enunciación suya, más inmediatamente, casi inconsciente, como un auténtico otro.

N

Me gusta "externa". Intentemos salir a través de ese "externa".

N-1

¿Qué decía tu abuela?

N+1

Decir lo de abuela distrae la enunciación del conflicto, que es donde debemos mantenernos: más cercana a la razón de soltar o no la bolsa. ¡Si pudiera olvidar lo que contaba abuela!

Pausa larga.

N

(Le habla a N+1.)

¿Y si al no decir lo de tu abuela permites que el motivo de soltar la bolsa no sea enunciado?

N+1

(Le habla a N.)

Nada hay que deba ser contado por mi parte, al menos no tan inmediatamente como saltar por encima de tus pollitos específicos en rauda necesidad de mostrar el contenido de la bolsa. (*Le habla a N-1.*) ¡Ahora es el momento!

> *N-1 toma la bolsa. Saca la cabeza de una vieja.*

N-1

Aquí está, la cabeza de tu abuela.

> *N+1 la toma en sus manos. La mira con ternura, la besa y abraza. Rompe a llorar. Luego a reír.*

N+1

(Llorando y riendo alternativamente.)

La Situación Pulcra cree que debo reír, pues esto nos aleja de ella; cree que debo llorar, pues ha muerto mi abuela. Si no río pero lloro y si no lloro pero río, es porque abuela no ha muerto, es porque no nos alejamos de ella. *(Deja caer la cabeza al suelo.)*

N-1

(Señalando la cabeza en el suelo.)

¿Qué pasa? Ahí está la cabeza.

N+1

(Le habla a N-1.)

Cierto, pero sin yo decir aún lo que me contaba abuela, y entonces enviarte a buscar su cabeza para imitar su voz. *(Recoge la cabeza.)* Es falsa, ¿ves? *(Pausa. Le habla a N.)* ¡Los pollitos! ¡Pero si estamos en la época del huevo! *(Toma uno de los huevos de la mesa, lo sacude.)* La Situación Pulcra empolla los huevos bajo el calor de su presencia, nos da cabezas falsas en bolsas que dejas caer en falsos inmediatos, para distraernos de enunciar lo que contaba mi abuela cuando no quería comer. *(Pausa.)* ¡Comamos la falsa cabeza! ¡Comamos los huevos para que no nazcan distrayentes pollitos! *(Pausa.)* Solo después diré lo que contaba abuela, que no se diga: "cuando no quería comer".

N

Comamos inmediatamente para inmediatamente decir.

N coge un huevo hervido del plato en la mesa, lo come. N+1 muerde la cabeza falsa.

N+1

(Hace pausas mientras muerde la cabeza.)

¿Debemos imitar la voz de abuela al enunciarlo? Busquemos a un imitador de voces que suprima la fuente original y se convierta en ella misma: sorprender así a la Situación Pulcra.

N-1

Aquí estoy. Lo dice mi diploma.

N+1

(Le habla a N-1.)

Debes también comer algo si vas a enunciar lo de abuela. Come el huevo, inmediatamente: ya no habrá pollitos suplicando por un poco más de vida. En la época del huevo no habrás llegado aún con la bolsa: abuela estará viva, dirás lo que contaba cuando no quería comer. No te distraigas. ¡Come!

N-1 va a coger un huevo. Los otros lo miran expectantes. CULO entra corriendo a escena.

CULO

(Gritando.)

¡Métanmela, métanmela!

N-1

¡Qué distracción! Un culo sabroso.

N+1

¡Atrás! No hagan caso.

CULO corre detrás de ellos, que le huyen.

CULO

¿Se resistirán a mi encanto cular? ¿No quieren penetrarme?

N+1

(Deteniéndose, a CULO.)

¿Te envía la Situación Pulcra?

N

(Deteniéndose, le habla a CULO, se refiere a N-1.)

¿Te dijo que lo distrajeras de comer inmediatamente el huevo?

CULO

(Deteniéndose.)

No puedo asegurarles, quizás solo era una imagen más.

N+1

(Refiriéndose a la Situación Pulcra.) Está tomando precauciones. *(Pausa.)* ¡Hay que hacerlo, inmediatamente y sin distracción! *(Le habla a N-1.)* ¡Come!

N-1 coge el huevo, va a comerlo.

CULO

(Le grita a N-1.)

¡Métemela tú! ¡Méteme el huevo!

N+1

Matémoslo, nos distrae de un inmediatamente en apariencia cierto.

Cuando se abalanzan sobre CULO, este grita.

CULO

¡Esperen, confesaré, confesaré la verdad!

N+1

¿La verdad verdad o una de sus alternativas?

CULO

La superverdad.

CULO saca un alfiler de su culo.

N

¿Qué es eso?

CULO

El alfiler que conduce al sistema de la Situación Pulcra.

N+1

¿Por qué iba a dártelo? ¿Para qué arriesgarse?

CULO

Si se arriesga será aún más bella e imperecedera.

N-1

¿Cómo usamos el alfiler?

CULO

Debe arrojarse en el momento y lugar precisos, pero no mencionó cuándo y dónde. No sé más, padezco la fobia del alfiler arrojado: he sido violado por él.

N-1

(Le habla a CULO, quitándole el alfiler.)

Dame acá el alfiler.

CULO trata de escapar. Lo atrapan, le tapan la boca, no puede respirar. Forcejea.

N

(Le habla a CULO.)

Te haremos un bello mausoleo. Los niños de realidad disecada te llevarán flores cada año. Mejor, contra la simetría, dejarán de homenajearte a veces. Llegarán inadvertidos y, al no ver actividades esperadas, tendrán ocasión para la espontaneidad de sus vidas.

CULO muere asfixiado, forcejeando.

N

(Toma el pulso a CULO.)

Ha muerto. (*Le habla a N-1.*) ¡Apúrate a comer!

N+1

Espera. (*Pausa larga.*) Lo que contaba abuela cuando no comía es muy cercano al conflicto de arrojar un alfiler. Quizás debamos arrojar el alfiler inmediatamente e inmediatamente después comer el huevo para luego enunciar lo de abuela. No crea la Situación Pulcra que arrojamos el alfiler sabiendo lo que abuela me decía.

N-1

Arrojémoslo junto a ese árbol.

N

Hagamos eso pero, antes de arrojarlo allí, ya en el último instante, lo arrojamos inmediatamente un poco más a la derecha.

Lo hacen. Esperan. Nada pasa.

N+1

Arrojémoslo todavía un poco más a la derecha.

> *Lo hacen. Pausa larga. Nada pasa.*

N-1

Nada.

> *N-1 luce inclinado hacia la izquierda. Los otros lo notan.*

N

¡¿Qué haces inclinado hacia la izquierda?! Eso nos afecta increíblemente el lugar correcto.

N-1

Lo siento. Me enderezaré inmediatamente.

N

¡Ya el daño está hecho!

N-1

Por favor, ¡perdónenme!

N+1

(Le habla a N-1.)

¿Te has confabulado con ella en contra nuestra? ¿Tienes un papelito que dice: "izquierda" entre comillas metido en el culo? ¿El verdadero culo distrayente no es ese (*Indica a CULO muerto en el suelo.*) sino tu propio culo interrumpiendo el lugar preciso de arrojar el alfiler en ese inmediatamente ahora perdido?

N

Revisémosle el culo.

N-1

¡No! ¡El culo no!

N-1 se resiste, forcejean. Entre los otros le desnudan, le sujetan, y le hurgan en el culo buscando el papelito, pero no encuentran nada.

N

No hay papelito que indique confabulación hacia la izquierda.

N-1

(Vistiéndose.)

¡Claro que no!

N+1

(Le habla a N-1.)

Si te faltara el brazo derecho comprendería tu desbalance a la izquierda. Pero traer la cabeza de mi abuela en tiempo erróneo te está inclinando hacia un futuro en las aureolares gráficas que nos traspasan. (*Pausa.*) Tendrás que seguir solo, nos perjudicas.

N-1

(Le habla a N+1, sobre N.)

¡Fue N, que orinó no siendo ellos y declaró falsos pollitos!

N

(Le habla a N+1 sobre N-1, en voz baja.)

No confiemos, aun cuando lo necesitamos para imitar la voz de tu abuela.

N+1

(Pausa larga. Le habla a N-1.)

Transcurres en futuro, pero una vuelta atrás es posible, un fuerte golpe de pasado que promedie al momento presente. La ausencia de tu brazo derecho conducirá a una pasada inexistencia, eso te dará realidad actual y estabilidad física. Recobraremos tiempo y espacio perdidos para encontrar el sitio de arrojar el alfiler inmediatamente.

N

¡Excelente! (*En voz baja, a N+1.*) ¿Cortamos el brazo?

N+1

Tal vez sirva amarrarlo a su espalda.

N

¿Con qué lo amarramos?

N+1

Con un perro, o con trozos de puerta.

N

Ya no tenemos.

N+1

Entonces cortamos.

N-1

No, ¡por favor!

N

¿Crees que tu brazo es real?

N-1

Claro, como parte de mi cuerpo.

N

Elemento que no se arriesga a trascender la realidad heredada del sistema, protegido debajo de la falda. "Mami, mami, es hora de merendar". ¡Y el brazo abyecto se alarga para alcanzar la merienda!

N-1

¿Los brazos de ustedes son distintos?

N+1

¡Claro! Mi brazo es totalmente voluntario. (*Le muestra el brazo, con reloj.*) Dueño de este reloj que marca siempre el presente.

N

El mío tiene mano de uñas largas, sin motivo ulterior, pues no sé tocar guitarra. A veces me tienta rascarme el interior de la oreja, o el exterior, pero entonces lo recuerdo y uso inmediatamente la mano de uñas cortas.

N-1

¿Qué puedo hacer para que mi brazo se libere de un cuerpo en tiempo extraño?

N

Debes cortar.

N-1

¿Están totalmente seguros?

N+1

(Reflexivo.)

Si me interesa hacer un viaje, ¿puedo estar seguro, con ese espacio entre la idea y yo? (*Salta hacia delante, toma un hacha de la mesa que se encontraba tras el plato de huevos.*) El aeropuerto con zonas fijas: tiendas, cafeterías, y yo de unas a otras, sin estar seguro del deseo. (*Pausa.*) Mejor evitar eso. (*Le da el hacha a N-1.*)

N

¡Atrévete! Yo tú me apuro: ya cometiste el inmediatamente falso de soltar la bolsa. ¡Vamos!

Al grito de: ¡Vamos!, N-1 grita y se corta el brazo, que cae al suelo. Pausa larga.

N

(Le habla a N+1.)

¡Mira eso! Un brazo salido de la realidad.

N+1

(Le habla a N-1.)

¿Cómo va el nuevo sistema?

N-1

Nunca había sentido tanta realidad. Ni ahora, cuando dije que era tanta, pues ya es más. Ya casi será más, cuando he pensado ahora, casi antes, que tanta no puede ser más. *(Pausa.)* Siento los tiempos cotejándose.

N

A la Situación Pulcra le encantará esto.

Se acercan a N-1. Miran el brazo en el suelo.

N

¿No extrañas el elemento amputado?

N-1

El elemento amputado traicionaba al cuerpo amplio.

N

Por el contrario, lo apoyaba incondicionalmente. Era el cuerpo amplio quien lo traicionaba a él.

N-1

Lo traicionaba de modo que no le decía la traición, pero sí sabía.

N se aleja. Se va quedando a oscuras.

N

La Situación Pulcra se está olvidando de mí, puedo sentirlo. (*Pausa larga.*) ¡Que este brazo emancipado conmueva mi impasible sustancia! (*Coge el brazo amputado de N-1 y se lo mete en su culo, la mano queda colgando por fuera.*)

N+1

(Le habla a N.)

Lígame a tu realidad, agárrame la pinga con mano ajena, que absorba la certeza de tus gloriosas entrañas. Arrojemos el alfiler como grupo sensorial, ¡inmediatamente!

N+1 va hacia N con el alfiler en la mano, ajusta los dedos de la mano que sale del culo de N de modo que le agarren su pinga. Caminan con dificultad a la zona del árbol. N+1 tira el alfiler a la derecha del último lugar donde lo arrojaron. Esperan, nada.

N-1

¡Nada! La Situación Pulcra requiere un amplio sacrificio, no esta payasería. (*Gritando.*) ¡Yo estoy sin brazo!

N

(Le habla a N-1.)

¡Cállate! Quieres quitarme realidad para que tu reinado siga dictando mustios brazos que sin mí son solo recuerdos.

N-1 hala a N+1, lo despega de N y luego trata de sacarle el brazo del culo a N. Forcejean.

N-1

¡Dámelo, es mi brazo!

N

Tú lo abandonaste. Yo lo reviviré en la gloria.

N-1 logra tomar el brazo, que sale lleno de mierda. N-1 hace ascos, se sobrepone.

N-1

(Al brazo, acariciándolo, acunándolo.)

Yo te cuidaré.

Pausa larga.

N+1

¡Atención! ¡Es el propio brazo voluntario quien debe arrojar el alfiler!

N-1

(A los otros.)

Se está poniendo rígido. Pronto estirará sus dedos con tanta fuerza que ya no podremos ponerle el alfiler. ¡Apúrense!

> *Los tres toman el brazo, le ponen el alfiler entre los dedos y N+1, tapándose los ojos, mueve el brazo en un giro que bota el alfiler. Esperan, nada pasa.*

N+1

Quizás perdimos la ocasión. (*Le habla a N-1.*) Lo siento.

N-1

¿¡Eso es todo!? ¡Me estoy desangrando!

N

(Le habla a N-1.)

Es cierto, vamos a atenderte. (*En voz baja, a N+1.*) Y, camino al hospital, nos detenemos inmediatamente y arrojamos el alfiler.

N-1

¡No pueden llevarme al médico! Me coserán el brazo y seré enviado de vuelta a un futuro extraño. (*Pausa.*) Comeré el huevo antes de arrojar el alfiler.

N-1 toma un huevo que sobresale del plato, amenaza con comerlo. N se asusta, no se atreve a acercarse.

N

¡No se te ocurra hacerlo!

N-1

Lo comeré inmediatamente. (*Come el huevo rápidamente.*)

N

(Le habla a N+1.)

¡Se ha comido el huevo!

N+1

Tuve que tomar precauciones: puse el alfiler en el huevo.

N

(Le habla a N+1.)

No me dijiste nada.

N+1

Sí les dije. ¿Recuerdas?

De repente rompen a reír los dos. N-1 trata de reír, pero se ahoga.

N+1

(En voz alta, a N-1, cambiando el tono.)

Siento mucho no haberte dicho nada.

N-1

(Ahogándose con el alfiler. Le habla a N+1.)

Sí me dijiste.

N

¡Se tragará el alfiler y ya no podrá ser arrojado!

N+1

Al contrario: arrojado dentro, transitará garganta y culo: alfa y omega. Controlaremos mejor espacio y tiempo.

N-1 cae al suelo, muerto.

N

¿Qué haremos ahora para imitar la voz de tu abuela?

N+1

Puedo imitar la voz del imitador imitando la voz de mi abuela, que conozco bien. (*Pausa.*) ¡Comamos inmediatamente!

N y N+1 cogen huevos y comen rápido. Luego incorporan trabajosamente el cuerpo de N-1, lo paran delante de N+1 y N lo sujeta como a un muñeco de ventrílocuo. N+1 sostiene la cabeza mordida de la abuela delante de su propia cabeza. La va moviendo mientras habla.

N+1

(Imitando la voz de la abuela.)

La persona rasgó su camisa con el alfiler para alcanzar un interior, pero dentro solo había piel, así que rasgó la piel, mas solo encontró su corazón. Entonces rasgó su corazón, pero allí no había nada. Por fin liberado, mordió el huevo que tenía delante. (*Pausa.*) Come.

Pausa larga. Esperan, nada pasa. N deja caer el cuerpo de N-1 y N+1 suelta la cabeza de la abuela.

N+1

Nada. Tendremos que arrojar el alfiler de nuevo.

N+1, ayudándose de una navaja, saca el alfiler de la garganta de N-1. Entretanto, N toma la rueda de bicicleta.

N

Una rueda colocada de cierta forma permite intuir la bicicleta ausente.

N+1

Ponchemos la goma con el alfiler, inmovilicemos bicicletas que escapan hacia ella sonando campanas celestiales.

N

Siendo dueños de goma a punto de ser ponchada, ¿qué gestos haremos? Como agacharse, ¿es necesario?

N+1

Ponchémosla inmediatamente como dueños de goma a punto de ser ponchada que se agachan.

N se agacha, pero no tanto. N+1 golpea fuerte a N por detrás. N cae al suelo. N+1 se agacha a su lado y poncha la goma con el alfiler.

N+1

No te agachaste de modo correcto, pero cuando te golpeé inmediatamente sí lo hiciste. (*Pausa.*) Y yo, mírame, ¡me he agachado sin pensarlo para hablar contigo y el alfiler fue arrojado!

N+1 abraza a N, emocionado. Luego lo arrastra, lo amarra a una silla y lo atraganta de huevos. N vomita, N+1 no se detiene hasta que N muere ahogado en huevos. N+1 espera, con el alfiler en una mano.

Aparece un enorme huevo que avanza lentamente hacia N+1. Entran muchos pollitos. N+1 coge la bolsa, los persigue y trata de meterlos en la bolsa. A la vez, ataca al huevo con el alfiler, que sangra; después de varios intentos el huevo cae. N+1 camina entre pollitos, rasga su camisa con el alfiler, lastima su piel, muchas veces, sangra.

N+1 encaja el alfiler en su corazón, se desploma. Todos en el suelo, inmóviles. Caen bolitas de algodón. Pausa larga. Los muertos se van incorporando, CULO empieza a girar describiendo la forma lemniscata (∞).

N

(Cogiendo una bolita de algodón.)

Al paralítico el médico prescribe soplar bolitas de algodón, soplar velitas, soplar dentro de un globo. ¿No es mejor la generalidad de soplar? (*Pausa.*) Bolitas de algodón... ¡Un exceso! (*Pausa larga. N llora.*)

N+1

¿Qué pasa?

N

Extraño a mi perro. Además, seguimos arrojando el alfiler en el lugar incorrecto. ¿Cómo continuaremos?

N+1

No cedas. Confía en nuestros esfuerzos.

N-1

¿Durará mucho más el sacrificio?

N+1

¿Qué es persistir? Empecemos por eso: ¿qué es persistir?

N-1

Ya tenemos algo. Sigamos.

Apagón brusco.

LA CARPA

(EL ENGAÑO DE R)

A Reina María Rodríguez y Diáspora(s)

PERSONAJES

+1

N

-1

Interior. Tres loci:

-1 (izquierda)

N (centro)

+1 (derecha)

-1, N y +1 de pie, cada uno en el locus que su nombre indica.

N

Lástima el caso presente: traeré la carpa.

N va al locus -1, coge una silla, la lleva al locus N.

N

La silla: sustituto inferior de la carpa, aunque pertenecen al mismo caso.

-1

(Le habla a N.)

Valga la silla: no hay carpas en el mercado.

Los tres miran la silla.

N

(Coloca una revista encima de la silla.)

Silla y carpa, del caso N. No hay carpas en el mercado, del caso +1, descrito en la revista.

N

(Toma la revista, lee en voz alta.)

Nietzsche, viendo a un cochero castigar brutalmente a su caballo caído, se abraza al cuello del animal, lo besa. Esto es repetición de un suceso en *Crimen y castigo*. Nietzsche remite a una escena leída: la idea del eterno retorno como efecto de falsa memoria que produce la lectura.

-1

Debemos ver a R.

+1

Tengo una foto suya.

+1 pone una foto de R en la silla.

N

(Quita la foto.)

No en la silla: R es del caso -1.

N camina al locus -1.

N

En locus -1 se describe el caso -1. (*Le da la revista a -1.*) Lee tú, -1.

-1

(Leyendo la revista.)

Estudiante de filosofía, discípulo aventajado de Simmel, por causa familiar se convierte al mundo de los negocios. En su vejez por fin escribe un tratado, un sistema, pero cuando lo termina lo pierde en un tren. Lo reescribe, pero es ahora el azar el centro de su sistema: recuperarse de la pérdida es un principio aprendido en clases de negocios.

+1

¿De haber carpa, la pondríamos, siendo del caso N, en locus -1?

-1

Para considerarlo faltaría la impresión del caso +1 en locus +1.

Van al locus +1. -1 le da la revista a +1.

N

Leído el caso -1 en locus N, en locus +1 deberá entonces +1 leer el caso N.

+1

(Lee de la revista.)

La primera vez que fui al teatro asistí a un drama rural en una carpa muy pobre. La compañía había acampado en un baldío, cercanías de mi casa. Los actores se sentaban en una silla que mi madre les prestaba: la presencia de ese mueble familiar le quitaba toda verdad a la representación.

+1

(Cerrando la revista.)

Dice "carpa", y "silla".

-1 coloca la foto de R sobre la silla en locus -1.

N

(En locus +1.)

R es del caso -1 mediante analogía nuestra: nos equivocamos al describir el caso tal en tal locación. R diría que debemos empezar otra vez: el error deja de serlo para convertirse en elemento esencial de la nueva búsqueda, como el filósofo y su sistema.

+1

Dices cómo pertenece R al caso -1 desde el locus +1.

N

R pertenece incluso al caso N, por eso lo digo desde el locus +1.

Miran la fotografía de R.

-1

R leyó la revista.

N

Elemento esencial pareció ser la reiteración del caso -1, del azar, cuando percibes que se interna más en lindes del caso +1, la reiteración de Nietszche: reitera R lo leído en revista, ahoga a -1 en ámbitos de +1, pero Nietszche sí abraza idéntico al caballo.

+1

(Le habla a N.)

No hay carpa, del caso N, en el mercado, del +1, siempre has dicho.

Pausa larga.

N

Algo no he dicho: en el mercado hay un cuadro que me hace llorar, y eso es reiteración de lo que vi en una película: alguien mira el mismo cuadro y llora. Como en caso +1 reitero lo visto. En mercado, del caso +1, no hay carpas, del N, -1 creímos, qué error: carpa y silla juntos en N.

-1

No hay carpa en el mercado, pues reiterar llanto frente al cuadro es del caso +1. (*Pausa.*) ¿Es esencial que sea el mismo cuadro?

N

Diré más, diré en qué consiste el ·cuadro: representa una silla, el bien elegido sustituto de la carpa.

-1

¿Dónde ponemos la foto?

+1

Más allá del caso -1, sobre la silla, del N, en locus +1: tránsito entre los casos tal vez revele por qué N ocultó lo del cuadro en el mercado, y qué significa eso en los ámbitos de R.

> *+1 pone la foto sobre silla en locus +1. +1 y -1 miran a N.*

> *Pausa larga.*

N

Cuando viré tinta en este escrito, justo nuestros rostros ya se iluminaban, R sugirió que escribiera de la mancha, sistema que repite el filósofo.

-1

> *(Le habla a +1.)*

N es la vía de su engaño, ilusión que R nos dicta entre tantos casos que hemos de atestiguar, arduo ascenso en las percepciones.

> *N cae muerto.*

+1

Vamos bien, ya estamos creando materia, aunque perecedera.

-1

(Se mira las manos.)

Hemos quedado con los dedos de tinta.

-1 rompe la revista.

+1 rompe foto de R.

Apagón

Deo Volente

Índice

Nunca la deja (Situación de aspirantes) / 9

La carpa (El engaño de R) / 51

Libros publicados en *Editorial Casa Vacía*

2016

1. Lorenzo García Vega: *Ficción en cajitas.* (Narrativa).

2. Pablo de Cuba Soria: *Libro de College Station.* (Prosa)

3. Duanel Díaz (compilador y prologuista): *Una literatura sin cualidades. Escritores cubanos de la Generación Cero.* (Antología de poesía, narrativa, ensayo y crónica)

4. Abel Fernández-Larrea: *Berlineses.* (Cuentos)

5. Silvia Guerra / José Kozer: *Todo comienzo lugar.* (Poesía)

6. Rolando Jorge: *No te lleves esa palabra.* (Diario, cuaderno de apuntes)

7. Luis Carlos Ayarza: *Enjambre de zepelines.* (Ensayos)

8. Lorenzo García Vega: *Cuaderno del Bag Boy.* (Diario)

9. Javier Marimón: *Sinalectas.* (Poesía)

2017

10. Enrique Rodríguez-Araújo: *Mujer Policía y otros relatos*. (Cuentos)

11. Michael H. Miranda: *Diario de Olympia Heights*. (Diario)

12. Idalia Morejón Arnaiz: *Cuaderno de vías paralelas*. (Poesía)

13. José Prats Sariol: *Lezama Lima o el azar concurrente*. (Ensayos)

14. Legna Rodríguez Iglesias: *Transtucé*. (Poesía)

15. René Rubí Cordoví: *Apegos del pez rayando*. (Poesía)

16. Pablo de Cuba Soria: *Gago Mundo*. (Poesía)

17. Rogelio Saunders: *Poesía. Volumen I.* (Poesía)

18. Rogelio Saunders: *Poesía Volumen II.* (Poesía)

19. Rocío Cerón: *Basalto* (Poesía)

20. Oscar Cruz: *Mano dura/ Una indicación* (Poesía, traducciones, miscelánea)

21. Pedro Marqués de Armas: *Prosa de la nación. Ensayos de literatura cubana*. (Ensayos)

22. Ernesto Hernández Busto: *Miel y hiel. 44 versiones latinas*. (Poesía, traducción)